图书在版编目(CIP)数据

小伢儿学写诗：漫游童诗王国/王奕颖著.—杭州：
浙江大学出版社，2017.7(2017.12 重印)

ISBN 978-7-308-16996-7

Ⅰ.①小… Ⅱ.①王… Ⅲ.①儿童诗歌—诗歌创作—
研究—中国—当代 Ⅳ.①I207.8

中国版本图书馆 CIP 数据核字(2017)第 132323 号

小伢儿学写诗
　　——漫游童诗王国

王奕颖　著

策 划 者	谢　焕
责任编辑	杨利军
文字编辑	陈　翮
责任校对	沈巧华　王安安
封面设计	周　灵
出版发行	浙江大学出版社
	(杭州市天目山路 148 号　邮政编码 310007)
	(网址：http://www.zjupress.com)
排　　版	杭州林智广告有限公司
印　　刷	杭州杭新印务有限公司
开　　本	880mm×1230mm　1/32
印　　张	3.875
字　　数	96 千
版 印 次	2017 年 7 月第 1 版　2017 年 12 月第 2 次印刷
书　　号	ISBN 978-7-308-16996-7
定　　价	24.00 元

人，诗意地栖居在大地上。

孩子，是否更应该诗意地栖居在大地上？

我是一名小学语文老师。我是一名热爱儿童诗写作的小学语文老师。我希冀的生活是一种简单而充满诗意的慢生活。而写诗，能让我们的生活节奏慢下来，慢下来；写儿童诗，能让我们的生活简简单单、快快乐乐。就像一棵草芽儿的成长，就像阳光透过纱窗的缝隙轻轻洒落。那么单纯，那么美好。

我曾那么热衷于写作儿童诗，热衷于在各个刊物上发表自己的诗作，从《娃娃画报》到《少年文艺》《读者》《散文诗》，从童谣到童诗、散文诗。但是现在，我更期待孩子们的诗作，期待他们在儿童诗的世界里去表达、去发现，去寻找精神家园。

城市里，人们马不停蹄，通往每一个角落。我们的孩子也越来越忙碌，不是在某个兴趣班，就是在去往某个兴趣班的路上。我希望，在他们生命的最初埋下一颗儿童诗的种子，让他们即使在闲暇的瞬间，也能触摸到单纯的感动、自然的美好。在微风吹过脸庞的一刹那，能感受到诗意的萌动。那时候，我们的心灵，会慢下来，慢下来，不再疲于奔命，而是停下来聆听、感受。

童话能教会我们怎么写诗。所以，这本书以童话体来编排学习儿童诗写作的过程。童诗王国的国王老了，沉睡了，不能写诗了。他要选择一个继承人，代替他写诗，带领整个王国实现诗意地栖居。每个阅读的孩子，都可以跟随书中的小水手们，学习写诗，摘取童诗王国的桂冠,拯救这个古老的神秘王国。

在"准备篇"里,老船长会带你初步认识诗,分行排列,语言凝练,有美好的意境;在"技巧篇"里,六位长老会带你学习写作儿童诗的各种技巧,比如联想、反复、夸张、最后一句等,打开创意之门;在"主题篇"里,六位长老将带你用"儿童诗"探讨六个永恒的主题,比如成长、时间、自然、梦想等,打开思考之门。当你通过了十二位长老的考验,祝贺你,你已经抵达灵感长老的宫殿,迎接最后的挑战啦!

我国素有诗教的传统,从诗经到汉乐府,从唐诗到宋词。让孩子们跟随老船长,踏上学习儿童诗写作的旅程吧!

王奕颖

2017 年 2 月 18 日

目　录
CONTENTS

上 篇

神秘王国

翻过七座山,漂过七片海,爬过七个长长的山洞,那里有一个神秘的王国。王国是那么美丽,那么生机勃勃。国王是一位年迈的诗人,白花花的胡子像瀑布一样。每天清晨,他都要在叶子上写一首童诗,露水迎着阳光念出国王的诗篇。神奇的是,诗句像野草一样生长,蔓延,成为王国的一部分。

新的一天开始啦!王国的居民沐浴着阳光互相问候:"您好,红脸蛋!天边的红霞是您的名字。""您好,大耳朵!飞翔的鸟儿是您的眼睛。"……他们从不急着赶路,走走停停,发一会儿呆,走一会儿神。这也不奇怪,王国里的风儿、鸟儿都会说话哩!静静地听,你会听到一串有趣的事。

很久以前,我曾受邀到王国里参观。醒来后,我告诉了朋友这个神秘的王国。那时候,每天都有一群朋友围在我身边,听我讲王国的故事。听完后,他们说:"这真是一个有意思的梦。"久而久之,我也觉得这只是一个梦,于是我写下了一首诗,将这个梦留在日记里,留在回忆里。

我见过这样一个世界

你知道吗？
我见过这样一个世界。
那里有湖水蓝的天空，
那里有天空蓝的湖水。

细细长长的叶子卷成滑梯，
还有果子甜甜的香味。

那里牛会说话，羊会说话，
风——也会说话。

当它经过山坡的时候，
就大声喊道：
"懒猪们，起床了！"
于是小草伸了个懒腰醒来了。

真的，只要你去过，
你一定会和我一样喜欢它。
那里的一切都是那么和善。

爱唱歌的小鸟和爱开玩笑的狮子，
就连泉水的声音都是咯咯的笑声。

你相信吗？
我见过这样一个世界。
它在你的、我的，
所有爱幻想的孩子的梦里
出现。

　　写完后，我的耳边还回荡着泉水的笑声。我合上日记本，长大似乎是一瞬间的事。
　　多年以后，我成了一位船长。一群可爱的孩子跟着我一起出海航行。他们像年轻时候的我一样，对世界充满好奇，喜欢探险。看着他们，我常常觉得自己的幻想又插上了翅膀，就连每天追赶着船舶的海浪都充满了神奇的魅力。

　　海浪，
　　像一个小孩在追赶
　　翻滚的蓝皮球，
　　怎么追也追不上。
　　　　　　　　——祝　贺

海浪，
像小海马在跳绳，
嗒——嗒
嘴里还在数 1、2、3。

　　　——马伊婕

海浪
像妈妈在炒菜，
哗——哗
香喷喷的饭菜，做好了。

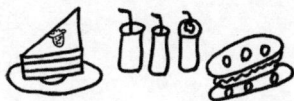

　　　——林思成

　　一股香味直勾勾地钻入我的鼻子。在遥远的孤独的大海上，小林子总能想到办法，用最简单的食材，做出最鲜美的海的味道。

　　那天晚上，大海像摇篮一样，摇着星星，摇着月亮，摇着船只入睡。我做梦，又梦见妈妈，梦见小时候的家，梦见藏在日记本里的神秘王国的国王。他似乎在召唤我。

　　原来，自从我走后，国王一日比一日苍老，从一天写一首诗，延长至成一周，一个月，一年……现在，国王已经沉睡很久了，再也没有写过诗。神秘王国变得越来越忙碌。大人、小孩都在和时间赛跑。他们没有闲暇停下脚步，关心路边刚刚冒出头的小草和初绽笑颜的小花，聆听风尘仆仆从北方赶来的燕子和鱼的故事。他们不知道王国大片、大片的田地已经悄悄地荒芜。一种不知名的大雾从北方迅速蔓延开来，笼罩了整片大地，蒙住了他们的眼睛。

我要出发去神秘王国！

当我将这个决定告诉我的孩子们时，他们显得比我更激动。他们正是爱吃、爱闹，疯狂地向往着一切未知的年纪。忧心忡忡的我，更羡慕他们的无知无畏。他们拉起了白色的帆，任凭海风鼓胀了腮帮，嘴里还大声念着"乘风破浪会有时，直挂云帆济沧海"！

海上的日子是无聊的，我们常常读诗打发时光。从李白、杜甫、杜牧到苏轼、辛弃疾、李清照、柳永，从顾城、北岛、舒婷到金子美铃、谢尔大叔（谢尔·希尔弗斯坦）、七星潭、林武宪……有时候，他们在船头故作深沉地念着："少年不知愁滋味，爱上层楼。爱上层楼，欲赋新词强说愁。"有时候，他们又在甲板上踩着影子跳来跳去："我想变成一朵云，又松又软，飘在蓝天里，从这头到那头。"念着念着，好像他们真的变成了一朵海上的云。海浪也像翻滚的云朵，随风舞动。

我看着他们。我知道，根据梦的指示，他们中的一个将成为神秘王国的继承人，代替老国王，每天在叶子上写童诗，请露珠用甜润的嗓音朗诵。它朗诵的一切都会变成现实，变成神秘王国的一部分。我清楚地记得有一次，国王写，露珠读：

> 晴天的时候，
> 云朵是棉花糖的形状。
> 路过的鸟儿咬一口，
> 歌声也是甜甜的。

那天的小鸟清楚地告诉我，云朵真的是棉花糖的形状，有草莓味、香蕉味、苹果味、榴莲味……呛鼻的洋葱味云朵还让它打了一个喷嚏。

想到那一天，神秘王国能回到我记忆中从前的样子，一种前所未有的使命感在我的心里燃烧。蒙住眼睛的大雾散去，小孩子再也不用急匆匆地赶着去上学，大人再也不用风尘仆仆地赶回家，没有写不完的作业和做不完的工作。所有人都有闲暇的时光，他们聚在一起看书、聊天、钓鱼，聆听一粒粒尘埃的歌声。

于是，我带领我的小水手们去往神秘王国。正如我所愿，他们中的一位闯过了重重难关，成为继承人。如果你现在去神秘王国旅行，没准还能看到他在写诗呢！

归来后，我将这段经历记录下来：

前 3 篇,是我带领小水手们在船上做的学写儿童诗的准备;

中间 12 篇,是神秘王国的 6 位金胡子长老和 6 位银胡子长老教小水手们学习写诗;

末一篇,是灵感长老的最后考验。

希望正在看书的你,也能通过此书学会写儿童诗,也能享受诗意的闲暇时光。也许,某一天,你也会来到神秘王国,和曾经的小水手、现在的神秘国王比赛写诗呢!

01 准备篇一·排排诗

船长的话

诗歌和文章最大的不同是什么呢？对！诗歌是分行排列的，一个词，甚至一个字，都能单独成行。十行，五行，甚至两行，都能成为一首诗。所以，写诗是一件简单而快乐的事，用儿童诗去记录你的生活和心情，更是一件乐之享之的事。简简单单的诗行，不一样的排列，读起来的感觉就不一样哦。赶紧来试试吧！

小练习一

鸟　飞过　天空　还在

1. 加上 2 个标点符号。
2. 排成 2 行以上的诗句。

_____

_____

_____

_____

_____

小练习二

朗读以下四首诗,你喜欢哪种排列?

1. 鸟
　　飞过,
　　天空
　　还在。

2. 鸟
　　飞过,
　　天空
　　还
　　在。

3. 鸟还在
　　飞过天空?

4. 鸟鸟鸟鸟鸟鸟鸟鸟……
　　飞过。
　　天空还在。

船长的话

怎么样,你读出不同的味道了吗? 其实,每一种排列,小水手们都有自己的想法。

第一个小水手说,每天都有不同的鸟飞过、消失,只有天空还在那里。

第二个小水手说,他觉得天空是永恒,所以他将"在"单独一行,强调"在"字。你可以在阅读中比较第一首诗和第二首诗,是不是感觉更有余味了呢?

第三个小水手说,他想象的鸟,在和天空比赛,比谁飞得快,不知道它有没有飞过天空,所以打了个问号。

第四个小水手说,他的眼前浮现了一群麻雀,所以他写了好多个"鸟"字,表示麻雀不停飞过。你读一连串的"鸟"字时,要短而急促哦!

现在,你对儿童诗的分行一定有自己的理解了吧。以后写诗分行的时候,你可以停下来想一想:我想表达的是什么?写完后再读一读,你能从分行里感受到这层意思吗?

小练习三

想象飞过的鸟儿的种类、数量、速度、姿态……写成一首诗。

_____

_____

_____

_____

_____

_____

小水手诗园

天空的鸟

天空中的白云,
慢慢地飞过,
鸟,
还在。

天空中的太阳，
渐渐下山，
鸟，
还在。
天空中的阳光，
越来越少，
孤独的鸟儿，
还在……
　　　　——沈慧君

鸟

我站在阳台上，
望着被雾霾占据的天空，
望着代替树木的高楼，
多么凄凉。
一只鸟，
在飞，
在飞。
一个人，
飞过城市，
飞向天空。
　　　　——张滢淇

鸟

一只百灵鸟，
一边哼歌，
一边飞，

天空晴空万里。

一行乌鸦，
啊呀叫唤，
黑压压飞过，
天空乌云密布。

一群鸽子，
绕着圆心，
旋转飞行，
瞧，白云来了。

……
鸟还在飞过天空？
我只知道，
天空没变。

——赵子嘉

思念的鸟

爸爸，
还没回来。

我坐在门口，
数鸟儿。
一只，
两只，
三只……

鸟儿
带着
思念，
飞进了
心里。

——朱虹懿

02 准备篇二·减减诗

船长的话

写诗，做的是减法。儿童诗的语言要尽量简洁、凝练，这样才能给人以无限的遐想。诗人写得越少，读诗的人可以想象的空间就越大。诗人写得太具体，就不是一首诗，而是一篇文章了。你可以假设，一篇文章如果分行排列，还有诗的味道吗？所以，怎样用最少的词，表达你的想法，表达你的情感，是每位小诗人都要好好思考的哦！

小练习一

读小散文《半轮月》，再修改成一首诗。

夜色多美啊，天空是那么干净，没有一丝杂质。天空中挂着半轮皎洁的明月，月亮倒映在水中，水中也有了半轮月亮，美丽极了。一阵风吹来，河面上激起了一层一层的波纹。这波纹像什么呢？就像这条河的皱纹。真美啊。这时有一只小小的青蛙，向月亮游去。

1. 分 3 小节,每小节写 2 句。
2. 每句尽量不超过 10 个字。
3. 写出一个自己感到满意的动词。

_____

_____

_____

_____

 **小练习二**

朗读西班牙诗人洛尔迦的诗歌《半轮月》,圈出你喜欢的字或词。

半轮月

月亮在水上行走,
天空多么明净。
河上古老涟漪,
慢慢地织起皱纹。
这时一只小青蛙,
以为月亮就是一面小镜。

 **船长的话**

月亮倒映在水面,开始了它的水上旅行。它是踮起脚尖行走,还是卧在水里漂流? 小青蛙,以为月亮是一面小镜子,它会照镜子吗? 它会跳进去吗? 它会打碎月亮吗? 诗人没有说,但小水手们的诗里有无数的猜想。

 **小水手诗园**

半轮月

夜美,天净,月明,
月亮映在水中,
好像分了身似的。
风吹来,小河皱起纹,
青蛙以为月亮是一块饼
飞快地向它游去

———金 祺

半轮月

夜色把天空擦干净了

倒影把明月变团圆了

清风给河面带来了皱纹

这波纹,好似皱纹

一只小青蛙

向团圆游去了

———罗艺涵

半轮月

夜空中的月亮摇呀摇,跌落!

碎了,一半映在水中,一半挂在天中。

微风拂过河面,轻轻地,

让河露出了独一无二的笑容。

忽地,一只小小的青蛙扑向月亮,
打散了月亮,打破了宁静。

　　　　——周卓尔

 **小练习三**

怎么样?你学会减减诗了吗?其实,儿童诗和散文一样,有很美好的意境,有很温暖的联想,只是儿童诗用词更"惜字如金",留给你填补的想象空间也更大。每个人读诗,都会读出不一样的体会。现在,你可以自己试着修改下面的散文哦!

　　一条细细的河流,慢慢地流淌,像一条蓝色的缎带,穿过青青的草地,像清风那么柔和,像清晨的阳光那么跳跃。河的一边,羊群正低着头,安静地吃草。河的另一边,牛群正抬起头,仰望天空。天空,是一望无际的蓝色,飘着一朵、两朵白云。

1. 分 4 小节,每小节写 2 行。
2. 每小节尽量不超过 10 个字。
3. 用 3 个以上的色彩词,让画面简单而明丽。

_____

_____

_____

_____

_____

_____

_____

03 准备篇三·改改诗

🚢 船长的话

孩子们,你们一定背过不少古诗词也记住了不少诗人吧!《诗经》? 李白? 杜甫? 杜牧? 刘禹锡? 苏轼? 白居易? 辛弃疾? 李清照? 纳兰性德? ……《诗经》以及这些诗人的古诗词里有灵动的画面,有委婉的情感,有美好的意境,有深刻的哲理,有朗朗上口的音韵,有意想不到的联想……你知道吗,美国许多著名诗人都受到了中国古诗的影响呢,比如雷斯克洛斯、加里·斯奈德、罗勃特·勃莱等。

今天,我们来做一个"改改诗"的小尝试——将古诗改写成儿童诗吧!

✍ 小练习一

"昔我往矣,杨柳依依。今我来思,雨雪霏霏。""柳",就是希望你"留"下。你是不是曾经遇见过这样的柳条、这样的雪,好像在和你说话,好像在挽留你。

读下面 2 首改写自《诗经·采薇》的诗:

1. 圈出你觉得特别的动词。

2. 画出你觉得新奇的语句。

采 薇

我走的时候
春天正躲在杨柳中
柳条向我招着它的小手
我回来的时候
冬天还在最后地疯狂着
冻疮就是受害者的袖章

——金子墨

走到今天

昨天,昨天
昨天的这里
我在今日到来
昨日的微风细柳
今天的寒风腊梅
昨天的春暖花开
今日的雨雪纷飞
慢慢走远了
一直走到今天

——蒋一繁

 ## 船长的话

是的,不只是人会躲藏,春天也会躲躲藏藏;不只是人会疯狂,冬天也会疯狂。初读,好像不大对,但是细细想,确实是这样的。所有的景,所有的物,都是有感情的,都是有生命的。古诗里是这样,改写的儿童诗里也是这样。"冻疮就是受害者的袖章"这句写得简

直太棒啦,可以细细品尝玩味。发现了吗,"昨日的微风细柳,今天的寒风腊梅;昨天的春暖花开,今日的雨雪纷飞"。改写的儿童诗也可以和古诗一样,有对称、整齐的句式哦。

小练习二

"日出江花红胜火,春来江水绿如蓝。"你见过这样美的画面吗?画面里还浮现了哪些景色? 你有过思念、孤独的时候吗? 读下面两首古诗词,试着改写成儿童诗吧!

1. 使用一个特别的动词或形容词,让景物有情感、有生命。

2. 尝试将你自己(你的所见、所闻、所感)藏进诗里。

独坐敬亭山

众鸟高飞尽,孤云独去闲。

相看两不厌,只有敬亭山。

忆江南

江南好,风景旧曾谙。

日出江花红胜火,春来江水绿如蓝。

能不忆江南?

小水手诗园

忆江南

时间，

能否让我路过曾经，

与风景如画的杭州，

再相遇一次？

再在月亮升起时，

爬上山寺，

寻求桂子的香气。

再躺在亭内，

靠在枕上，

望着汹涌澎湃的浪头，

一波，

一波，

打过来。

能否？

   ——卢泓晔

忆江南

春天的江水，
绿得好似蓝草。
晚风抚摸着水，
江上立刻荡起涟漪。
一圈一圈，
荡漾着童年的梦。

　　　　——施一苇

忆江南

美，
不过江南。
熟悉的画面，
一一闪过。
日出时，
江边花朵的绚丽，
闪着金光。
仿佛焰火
一片。
绿如蓝草的江水，
载着思念
回忆。
奔腾着，
没有尽头。

　　　　——朱虹懿

忆江南

江南，
是那么美好。
天，
蔚蓝。
云，
雪白。
一群野鸭在河中
嬉戏。
画眉鸟
在树枝上唱着，
属于她的歌曲。
江南，
是那么美好。

————赖韵如

独坐敬亭山

我坐在敬亭山上，
望着天空的鸟儿
飞得无影无踪。
只有一片云
飘动。
就没有人陪我吗？
你的原名
应该叫
"静亭山"吧？
难怪你

那么静,

那么静,

如我一般。

　　　　——陈艺菡

独走敬亭山

从昨天路过的我,

还是一样

孤单,孤单。

真怀念童年。

现在的我,

默默地走在

敬亭山前。

　　　　——刘彦哲

 **船长的话**

　　中国还有许许多多的古诗词,能让你的眼前浮现出美好的画面,能让你产生相同的情感。你就好像隔了几百年、几千年,与诗人在同一片月光下,把酒对话。经常练习改写古诗词,也许,你写的儿童诗,意境也会变得越来越美好。课后再选一首自己喜欢的古诗词来练练吧!

_____

_____

_____

_____

_____

下 篇

十二位长老

当我们的船向神秘王国靠近的时候,梦中的一切都变得清晰起来。那座漂浮在蓝色大海中的孤岛,在山的那边,在海的尽头。

谁知,当我们登上岸一看,记忆中茂密的灌木丛已消失得无影无踪。乱石堆中裸露着孤零零、黑黝黝的洞口,像无辜的孩子瞪大眼睛注视着岛上的一切。钻出这个山洞,就是神秘王国了。

虽然早有心理准备,但是在我们钻出洞口的一刹那,还是吃了一惊。神秘王国仿佛被罩上了白色的幕布,什么也看不清了。在白雾里摸索着前进,一不小心就撞上了步履匆匆的行人。他们像上了发条一样,来不及道歉就继续向前赶路。孩子们倒是挺兴奋,仿佛来到了烟雾缭绕的仙境,在雾气里快活地钻来钻去。可是不一会儿,孩子们就开始咳嗽、打喷嚏,嘴里、鼻子里好像有许多沙子似的小颗粒。

好不容易,我们找到了国王住的城堡。守门的老人居然还认得我,把我送进了城堡。城堡里的空气比外面清新多了。我们像是逃难一样,逃离了白雾的魔掌。只见城堡里有几盆绿色的大象形状的植物,用鼻子拼命地吸着雾气,呼出清新空气。

　　我问老人："为什么不在王国里种满这种神奇的植物?"

　　老人无奈地笑了,说:"每家每户都有这种植物。植物吸进去的雾气,都排到外面的空气里了,其实雾气一点儿也没少啊。"

　　我又问:"为什么雾气这么重?"

　　老人摇摇头,说:"我们被神诅咒了。文明发展的速度越快,神的诅咒越深。白雾是神的怒气呀!这么多年,大家都像旋转的陀螺,越来越忙碌。哪有时间来关心神创造的万物生灵!读诗的人少,写诗的人更少。老国王沉睡后,诗歌也死了。我们需要一个新的诗人,来打破这个诅咒……"

　　说着,我们到了大殿前。国王的宝座上空荡荡的,宝座上方悬着的五个大字——"诗意地栖居"——寂寞地等待着它的主人。宝座两边各站着六位鹤发童颜的老人,左边的是金胡子长老,右边的是银胡子长老。他们的胡子扎成了小辫子,依次有一根、两根、三根、四根、五根、六根。他们的眼神里闪着顽皮而智慧的光。银胡子长老的口袋里,有写诗的法宝,比如韵律、联想、反复、夸张、意外、图像……而金胡子长老要带你们去玩,去体验大自然,去探索成长的秘密、感受时间的流逝、聆听梦想的声音……

　　十二位长老依次带领着孩子们去往十二个幻想空间。在那里,我们学习了写诗。

01 技巧篇·韵律长老

韵律长老的话

孩子们，你们会唱《郊游》吗？

"走、走、走走走，我们小手拉小手。走、走、走走走，一同去郊游。白云悠悠，阳光柔柔，青山绿水一片锦绣。走、走、走走走，我们小手拉小手。走、走、走走走，一同去郊游。"

其实，这首歌的歌词就是一首儿童诗。为什么如此朗朗上口呢？这是因为儿童诗是有韵律的。韵律是儿童诗的节奏，是儿童诗的旋律，就像海浪的起伏，就像风的呼吸。诗歌的韵脚、停顿的标点、反复出现的诗行、层层递进的情感，都是节奏，都可以成为韵律。我们先来感受一下最简单的韵律——"带尾巴"的诗吧！

小练习一

你注意过兔子的尾巴是短短的，你注意过小猴的尾巴是长长的，可你注意过"诗歌的尾巴"——每句诗的最后一个字吗？读着读着，是不是发现了什么？试试把尾巴"了"字拖长了读，是不是有飞起来的感觉呢？

"了"字歌

过山车

上天了，

入地了，

腾云了，

驾雾了。

过山车，

下山了，

我变成，

流星了。

这就是"带尾巴"的诗哦，每句的最后一个字几乎是一样的。

小练习二

这首"尾巴诗"的四行诗不小心被打乱了，你能帮韵律长老重新排一排吗？你能说说这样排的理由吗？

阳光，在花上笑着

阳光，在窗上爬着

阳光，在妈妈的眼里亮着

阳光，在溪上流着

_____

_____

_____

_____

_____

韵律长老的话

我们一起来读读林武宪爷爷的《阳光》：

阳光，在窗上爬着，
阳光，在花上笑着，
阳光，在溪上流着，
阳光，在妈妈的眼里亮着。

你发现这首诗的韵律在哪里了吗？对了！最后一个"着"字在押韵，每一行的句式都是"阳光，在……"。当然，它的诗行还藏着其他的韵律哦。比如从没有生命的"窗"到有生命的"花"，从大自然中的"花""溪"到"妈妈"。谁最像阳光般温暖呢？那一定是妈妈了。所以，作者的感情也越来越强烈。你排对了吗？

小练习三

写一首"带尾巴"的诗。
1. 回忆最近做过的一件事或玩过的一个游戏。
2. 分行，每行不超过 5 个字。
3. 用同一个字作为结尾，如"了""吧""呢"等。

_____

_____

_____

_____

4. 写完读一读，你的诗行排列是不是有韵律了呢？

 **小水手诗园**

"跑"字歌

追着爸爸跑，

追着妈妈跑，

追着风筝跑，

追着蝴蝶跑，

追着风儿跑，

追着太阳跑，

一追追到天黑了。

———船　长

"了"字歌

小草绿了，

小花开了，

蝴蝶飞了，

青蛙叫了，

小鸟来了，

我写完作业了。

———吴昕诺

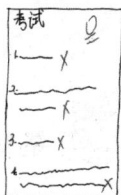

"球"字歌

羽毛球、

乒乓球、

大排球、

小足球、

大篮球、

……

什么球，

我都爱。

除了——

考试当天的

鸭蛋球。

　　　　——叶思齐

"晕"字歌

旋转木马

转呀转。

我被它

转得晕。

我问它

晕不晕？

它却说：

我不晕。

为什么

我好晕、

好晕、

好晕。

　　　　——赖韵如

韵律长老的话

　　"带尾巴"的诗是最简单的韵律诗。读一读诗人金波的《云》，你知道韵律藏在哪里吗？

云

蓝天蓝,像大海,

白云白,像帆船。

云在天上走,

好像海里漂帆船。

帆船,帆船,

你装的是什么?

走得这样慢。

不装鱼,

不装虾,

装的都是小雨点。

雨点,雨点,

请你快下来,

帮我浇菜园。

是的,韵脚是"an",比如"船""慢""点""园"……你可以每句都押韵,也可以隔句押韵,甚至可以没有韵脚,但是读起来让人觉得有内在的韵律。慢慢读,慢慢写,慢慢体会吧。

技巧篇·联想长老

联想长老的话

　　每一个人都拥有两个世界：一个现实世界，一个幻想世界。当你在发呆，在走神，在做梦时，你可能就进入幻想世界了。今天，我们要尝试用"像（好像）"写诗。"好像"是打开幻想之门的钥匙。推开门，还会有一串有意思的故事。不要害怕你的"好像"不大像，奇奇怪怪才好玩呢！

小练习一

　　"山坡像一块黑板"，这有些奇怪。你可能会说：山坡像金字塔，像帽子，像冰激凌，但是山坡和黑板，一点儿也不像啊？但是，联想长老妙笔一挥，就把它改写成一首很棒很棒的诗了。读一读，你会恍然大悟：哦，原来是这样。你能猜猜看，山坡为什么像黑板吗？试着往下写写看，也许，你的联想能力比联想老人更厉害！

　　山坡像一块黑板

　　――――――――――――――――

　　――――――――――――――――

　　――――――――――――――――

_____

_____

_____

_____

读读联想长老的诗,你和他想到一块儿去了吗?或者,你还有其他有意思的想法?

山　坡

山坡像一块黑板,

写满了密密麻麻的小草。

北风婆婆是黑板擦,

擦啊擦,擦啊擦,

地上就飘满了雪花。

 小练习二

用"好像"写诗。

1. 想一句特别的"好像"诗,可以是奇奇怪怪的。

2. 你是怎么想的呢?往下写,让人家觉得:哦,好有意思!

_____

_____

_____

_____

_____

_____

_____

小水手诗园

夏 天

夏天像烤炉。
风婆婆
一直在问：
在
烤什么呢？
蛋糕？鱼肉？
夏天却说：是个秘密。
　　　　——赵子嘉

蜗 牛

蜗牛像一个吸尘器
慢吞吞，慢吞吞
把大地吸得干干净净
　　　　——刘彦哲

白 云

白云
像天空中的海浪
调皮的风娃娃
把"海浪"
吹得
翻了个跟头

  ——陈 浩

山 坡

山坡
像一个金字塔
贪玩的风娃娃
把金字塔踩得
歪歪扭扭

  ——黄诗程

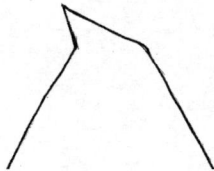

联想长老的话

写着,写着,你会发现"好像"变成了"仿佛""犹如""似的",甚至不见了。而你,还在幻想。比如:

云

云,
是走动的鞋子。
走过高山,
走过大海,
走过很多地方。

轻飘飘的鞋子，
走过的路，
一点痕迹也没有。
　　——于衍锟

　　拥有了幻想的世界，无论在哪里，无论在什么时候，你都会是一个有趣的人。

03 技巧篇·反复长老

反复长老的话

儿童诗里经常有一句诗或一个句式反复出现。反复不是重复哦。反复里有节奏,就像歌曲的旋律一样循环;反复里有变化,情感慢慢加深,意境慢慢叠加,或在最后突然来个急转弯。

小练习一

反复长老写了一首儿童诗,你发现哪里出现反复了吗? 你能在下面再加一小节吗?

是这样吗

天上的雪装不下,
所以飘了下来。
是这样吗?

太阳落在了夜空里,
所以变成了月亮,
是这样吗?

蝴蝶停在了草尖上，
所以变成了花朵，
是这样吗？

我躲进了相框里，
所以长不大，
是这样吗？

_____

_____

_____

_____

小练习二

选择下面的文字材料，创作一首反复结构的儿童诗。

家里呢

那是

种着爸爸妈妈和我

星星爬上了大厦

《世界上最黏的东西》（题目）

_____

_____

_____

_____

_____

_____

_____

小水手诗园

世界上最黏的东西

世界上最黏的东西，
不是强力胶
——502 胶水。

世界上最黏的东西，
不是很恶心的
——蜗牛的尸体。

世界上最黏的东西，
也不是黏在嘴里的
——大白兔奶糖。

世界上最黏的东西，
对许许多多的人来说，
是
——电脑游戏。
　　　　——林思成

爬

夜深人静
我爬上了上下铺
猫爬上了自己的地盘
月亮爬上了云朵床

网络爬上了电线吊床
只有
星星
还在
大厦上
一步
一步
往上
爬

　　　　——卢泓晔

那　是

"滴答滴答"
什么声音
那是
钟表的声音

"叮咚叮咚"
什么声音
那是
泉水的声音

"轰隆轰隆"
什么声音
那是
打雷的声音

"哗啦哗啦"
什么声音
那是
树叶的声音

听
那是
什么声音
那么轻,那么轻

哦,是
花儿
绽放的
声音
　　——左　周

世界上最黏的东西

家里呢,
种着爸爸、妈妈和我,
是什么让我们连在一起?

星星爬上了大厦,
对我喊:
"是爱! 是爱!
爱是世界上最黏的东西!"

校园里,

长着老师、同学和我，
是什么把我们连在一起？

月亮蹦上了树梢，
对我喊：
"是爱！是爱！
爱是世界上最黏的东西！"

如果是这样，
那么爱
是什么样子？
我知道了，
它是世界上最黏的东西！
　　　　——林嘉越

反复长老的话

诗歌的反复，是诗的旋律，是诗的节奏，也是诗的情感积聚。当你反复读到"是爱！是爱！"，你的情感一定越来越强烈，喷薄欲出。当然，你写的是儿童诗，所以内容一定要好玩哦。

再给你一些文字材料：

晚了一点点

也许

我奇怪得不得了

风从什么地方来

星星睁着眼睛

《我是一个任性的孩子》（题目）

试试用反复的方法练习创作整首诗吧。

04 技巧篇·夸张长老

夸张长老的话

　　漫天都是牛在飞。夸张，就是一本正经地吹牛，看谁吹得大、吹得有趣。它是一种善意而优雅的玩笑。你可以拿着放大镜，将跳蚤放到火星这么大；也可以拿着缩小镜，将大象缩到芝麻那么小。你可以想象一个乱七八糟的世界，这个世界里，脑袋上不再长头发，而是长小花、小草、小鸟等，鼻子不再挂在脸蛋儿上，而是像花一样长在花园里，脚不是长在身子的下面，而是被轮子所代替……有时候，我还是挺喜欢这样混乱的世界的。

小练习一

　　阅读美国诗人谢尔·希尔弗斯坦的《我的鼻子园》，你笑了吗？你觉得哪一句最好笑？

我的鼻子园

我种了鼻子一排排，

它们如何长大我永远没法猜。

不是百合，不是玫瑰，就是那会感冒的鼻子，

它们开花时可真是件麻烦事。

有的变红,有的流鼻涕,还有的爱打喷嚏,
它们有时开花,有时也会死去。
但你千万别把鼻子拿到花展,
指望他们能把奖杯给你。

每天早晨我用水管把它们浇灌,
尽管这么多鼻子我永远卖不完,
这些傲慢的鼻子真是让我心烦,
因为连乌鸦都把它们的气味抱怨。

为什么不是玫瑰而是鼻子?哦,没人知道。
你问为什么它们长得那么密?
只因为没有玫瑰与它们长在一起——
我保证你们每个人都能把一朵最好的鼻子摘去!

小练习二

拿着放大镜,看看你,看看周围的人。你们身上会发生什么惊天动地的故事呢?将这首夸张的诗写下来吧!读给伙伴听听,他们笑了吗?

_____
_____
_____
_____
_____
_____
_____

 **小水手诗园**

苦 恼

我不小心吞下了一只苍蝇，
于是我吞下了一只青蛙。
我不小心吞下了一条蚯蚓，
于是我吞下了一条鲫鱼。
我不小心吞下了一株海草，
于是我吞下了一只海龟。
现在它们在我的海洋里
漂流、冲浪，
搅得我的肚子实在受不了。
请问，
我要怎样吞下一头鲸鱼，
将它们统统吃掉。

——船 长

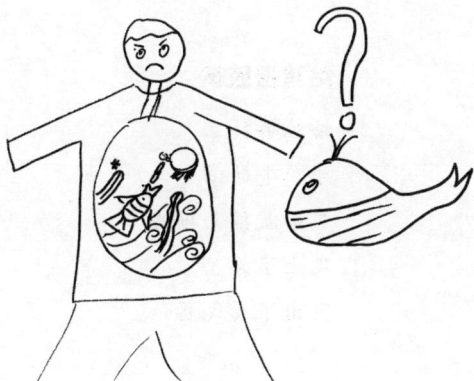

我笑了

我笑了
笑得如此大声
笑得牙齿掉光
笑得高楼大厦东倒西歪
笑得人们四处奔逃
笑得动物东躲西藏
笑得全球变暖
笑得太阳赶紧落山

我笑了一千亿个世纪
我不知道这个世界怎么了
我只是笑一笑而已
　　　——卢泓晔

给鸡蛋鼓掌

给鸡蛋鼓掌
给鸡蛋鼓掌
鸡蛋就摇来摇去
飞上了天
飞出了大气层

给鸡蛋鼓掌
给鸡蛋鼓掌
鸡蛋就跳上跳下
破裂了
孵出了美丽的小鸡
　　　——陈沈旸

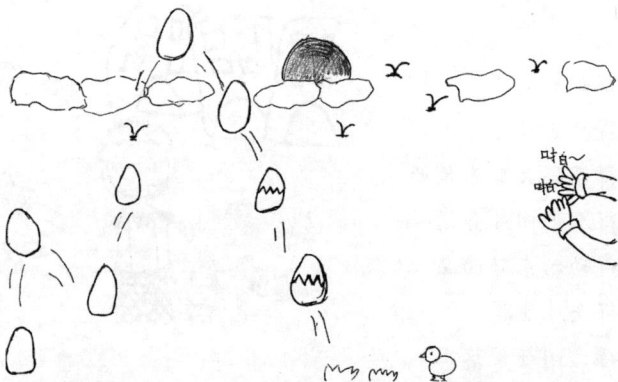

胡 子

叔叔有根长胡子,

它有一万米长!

登上高山,

爬上屋顶,

那还不容易?

胡子一甩,

就到达!

抓鱼、抓虾、抓螃蟹,

那还不容易?

胡子一伸,

就抓住!

——张滢淇

夸张长老的话

　　有时间,你可以去读读谢尔大叔的诗集《阁楼上的光》《向上跌了一跤》。他稀奇古怪的想法,一定会让你跌破眼镜。顽皮的你,或看似文静的你,脑海里是不是也和童心未泯的谢尔大叔一样,有一个乱七八糟的世界? 如果有,将这个世界写下来吧。

05 技巧篇・意外长老

意外长老的话

　　比起意外长老，我更喜欢你们叫我"恶作剧长老"哦！如果儿童诗没有意外出现，就没那么好玩了。所以偶尔制造一些小惊喜，甚至小惊吓，跟读诗的人开一个小玩笑，都是挺有意思的。儿童诗的好玩就在于有意外之处。这个意外一般埋在诗歌的最后一句，让人读着读着，突然眼前一亮。这个意外也可以藏在诗的中间，甚至是诗的开头。推荐大家读读意大利诗人贾尼・罗大里的童诗集《卖星星的人》。你会发现儿童诗里有那么多有趣的意外。例如这首《需要什么》：

需要什么

做一张桌子，

需要木头；

要有木头，

需要大树；

要有大树，

需要种子；

要有种子，

需要果实；

要有果实，
需要花朵；
做一张桌子，
需要花一朵。

 **小练习一**

1. 这是意外长老写的一首诗,他将诗的最后一句藏起来了,你
能猜猜看、写下来吗?

涂 鸦

我是一个涂鸦艺术家,
虽然我只有一支黑色的笔。

我要把小妹妹的牙齿涂黑,
让她变成笑掉牙的老奶奶;
我要把红玫瑰涂成黑色,
让它以为自己中了剧毒;
我要把白天鹅的羽毛涂黑,
让它以为醒来变成了乌鸦。

黑色的山里住着黑色的妖怪,
黑色的夜里藏着黑色的秘密。
我看到了黑色的蝙蝠在颤抖,
我听到了黑色的狼群在嘶吼。

但是但是,这些都算不了什么。

我最伟大的杰作,

是——

_____

2. 读读看:小水手和意外长老的最后一句诗,哪一句让你最意外呢?

把雪花涂成黑色,

让人以为它生病了。

把雨水涂成黑色,

让人类意识到自己的错误。

把青蛙的皮肤涂黑,

让小蝌蚪能尽快找到妈妈。

在夜晚给星星,

提供一个闪耀的舞台。

把夏日的太阳涂成黑色,

让大家以为凉爽来了。

　　——小水手

我最伟大的杰作,

是把天空涂成黑色,

让爸爸妈妈和老师们

以为天还没亮,还可以继续安睡。

　　——意外长老

小练习二

读七星潭的《花一把》,再按照意外长老的步骤试试看哦!

花一把

花一朵好看。

花一山好看。

花一盆还好。

花一把就笨了! 除非

你拿它去送人。

1. 选择几种自己喜欢的颜色,以自己喜欢的程度为序排列。

2. 模仿诗人的诗句,把自己对不同颜色的喜爱,写成一首诗。想一想:对于自己喜欢的颜色,可以怎样来形容它? 如漂亮、美丽、大方……

3. 挑两个喜欢的颜色,使用同样的句型来读,读起来会有语气强化的意味。例如:黄色,好看;黑色,好看……

4. 选择一种自己不太喜欢的颜色,以"还好"来接续。

5. 再选一种自己不喜欢的颜色,说一说自己认为这个颜色不怎么样的理由,例如:就无趣了,就俗了,就不雅了,就沉重了……

6. 最后一步是整首诗的关键。以"除非"作为转折语,写出从不喜欢转变为喜欢的方法。

7. 你也可以练习以具体实物(苹果、风、雨、石头……)写出"除非"的意外。

_____

_____

_____

_____

小水手诗园

(提示：你可以遮住最后一句诗,猜猜看小水手会怎么写哦)

颜 色

粉蓝自然,

紫色自然,

粉绿还行,

棕色就不雅了,除非

它是一只可爱的小棕熊。

　　　——赵子嘉

颜 色

天蓝,好高贵,

玫瑰粉,好高贵,

深黄,还可以。

黑色,不好看,

除非,用来擦亮皮鞋!

　　　——陶梓怡

狗一窝

一只小狗,可爱,

两只小狗,可爱,

三只小狗,还行。

一群小狗,那就疯了,

除非——
它是那只母狗生下来的小狗。
——张思语

天 气

彩虹,真漂亮,
彩霞,真漂亮,
风,马马虎虎,
雨,就不大好了。
除非——
它会给
动物和植物解渴。
——陈艺菡

水 果

桃子超好吃,
西瓜超好吃,
香蕉好吃,
葡萄一般。
莲蓬难吃,除非
打仗的时候投敌人!
——卢天浩

除 非

薯片清脆,
鸡块香脆,

薯条就不怎么样了,

汉堡就别提了!

除非——

里面夹上一亿一千三百万个炸鸡排!

——陶梓怡

 **小练习三**

创作一首儿童诗,最后一句要让人感到意外哦。

_____

_____

_____

_____

_____

_____

_____

 **小水手诗园**

时间不动了

时间不动了，

原来，

所有的时间管理者都罢工了。

时间不动了，

马儿停止了吃草，

兔子停止了跳跃，

鸟儿停止了飞行，

云朵停止了飘动，

我停止了做作业。

时间正常了，

哎呀哎呀，

我摆这个动作摆得真累呀！

————卢泓晔

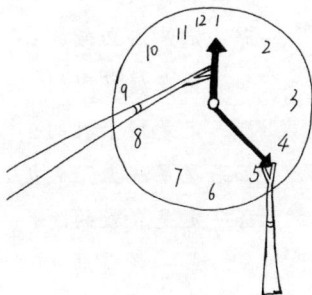

如　果

如果鸡在水里游泳，
那一定是鸭子教的；
如果鱼在天上飞行，
那一定是海鸟教的；
如果猪在村里爬树，
那一定是猴子教的；
如果星星爬上了大厦，
那一定是我教的。

——张滢淇

意外长老的话

意外，就是转折，就是逆向思维。简单点说，就是"我偏不，我偏要反着来"。比如，胡椒粉要撒在食物上，我偏不，我就要撒在巫婆的头上；洗澡要脱了衣服，我偏不，我偏要穿着雨衣洗澡。平时，你也可以自己练习用意外写诗哦。我想，读你的诗，一定是一件快乐的事儿。

06 技巧篇·图像长老

图像长老的话

你知道吗？中国最早的文字是象形文字，也叫图画文字。那么图像和儿童诗结合在一起呢，会发生什么神奇的变化？今天，我们就要参加一场诗与图像的"婚礼"！

小练习一

这三首图像诗的题目叫《火车》《气球》《瞌睡虫》。你有什么发现吗？图像诗的读法很有趣哦，有时候从上往下读，有时候从左往右读，有时候沿着图形读，赶紧来试试吧！

火 火 火　　快 快 快　　气 气 气　　到 到 下
　　嘟　　　　　嘟　　　　　嘟
车 车 车　　跑 跑 跑　　强 强 强　　了 了 车
　0　　　　　　0　　　　　　0　　　　　　0

像
球 般
大如 太阳
般圆……当你
跑 走 时 我
扯 拉 你 而 当
风吹 起时 我
轻 轻 地
说
紧
紧
紧
紧
紧
紧
紧
抓
住
我。

一
条
条
瞌
睡
虫
徐徐缓缓慢慢爬进我的耳中
老师的声音变得朦朦胧胧
悄悄爬上额头眉尖和鼻孔
老师请原谅我眼皮越来越重
都
爬
满
瞌
睡
虫

小练习一

你瞧,这首儿童诗很奇特,题目叫《火车》,词语、诗行、标点排成了火车的形状,写的也是火车"气强气强"地快跑哦。你也可以试着写一写。

1. 画一个简单的图形,圆形、长方形、三角形……你从这个图形联想到了什么? 联想得越多越好哦。

比如圆形:气球、西瓜、月亮、月饼、猕猴桃、橘子、苹果、时钟、鸡蛋、甜甜圈、鼻孔、句号、帽子、指南针、饼干、瓢虫 _____

比如_____

_____

_____

2. 在联想到的事物里,选择一个你最喜欢的,将轮廓画下来。

3. 以联想到的事物为题,写一首儿童诗,并将儿童诗沿着画的轮廓抄下来。

小水手诗园

海里的神仙鱼
啧 走游地快长会就它
静动点一有里水要只 游字
像长长鱼仙神，
把剑一样长，
还长着
小小的嘴巴 它
瘦瘦的身体
眼睛大大的
圆圆的

朱家乐

纸船

一艘航远地稳不定
纸船 在小
漂漂里溪小在
荡荡它
要去哪里呢？小鸟知道，落叶知道，风儿知道，我也知道。
想梦的自己着朝要它道。

朱家乐

手

有一双手，我非常非常非常非常非常非常喜欢地……来帮妈妈，用来教。什么做来用？玩玩具。我有一双手，戏游玩来用？什么做作业。我有一双手用来玩，来用，服衣洗来用？什么干来用，手双一有我！

陶梓怡

一道愤怒的闪电

下雨！小雨点落下来。雷公打起了鼓，可是……闪……乌云……闪电……

卢泓晔

图像长老的话

你瞧，图像和诗就这样举办了一场特别的"婚礼"！你喜欢它们在一起吗？如果你对图像诗感兴趣，你可以再选择一个你自己联想的事物，"画"一首图像诗。

07

主题篇·动物长老

动物长老的话

　　动物是可爱的,是有趣的,是我们最忠实的朋友。它们和我们一起生活在这个蓝色的星球上,和我们一起呼吸着地球妈妈的氧气。它们中的有些,很大很大,大得像一座小山;它们中的有些,很小很小,小得像一粒尘埃;它们中的有些,很美很美,美得像一道彩虹;它们中的有些,很丑很丑,但是你却一点儿也不讨厌它。大诗人笔下也有许多小动物,比如英国诗人艾伦·亚历山大·米尔恩笔下这只最喜欢"跳"的知更鸟:

跳

有只知更鸟去了,

跳呀,跳呀,

跳呀,跳呀,跳。

无论如何我要告诉它:

走路别这么跳呀跳。

它说它不能停止,

如果它停止跳,

它就啥地方也去不了。

可爱的知更鸟,

那就啥地方也去不了……

这就是为啥它走路

总是跳呀,跳呀,跳呀,

跳呀,跳呀,

跳呀,

跳。

跳呀,跳呀,

跳呀,

跳。

 **小练习**

写一首关于动物的诗吧!

1. "脑力激荡":你知道多少小动物?

天上飞的:老鹰、_____

地上跑的:兔子、_____

水里游的:彩虹鱼、_____

2. 选择一种你认为最有趣的小动物,回忆它的某一个可爱或淘气的瞬间,用一个动词来形容,比如跳、吃、睡、眨眼、打哈欠、_____

3. 写一首关于动物的儿童诗,可以将这个动词使用 3 次哦!

_____

_____

_____

_____

_____

_____

小水手诗园

散 步

我走小狗也走，
我停小狗也停。
我坐在大树的影子里休息，
小狗在我的影子里摇尾巴。

　　——船　长

忙死了

"当当当
叮叮叮
砰砰砰"
怎么了？
哦，
原来是小金鱼
跳出了鱼池！

"当当当
叮叮叮
砰砰砰"
怎么了？
哦，
原来是小乌龟
跳出了鱼池！

"当当当

叮叮叮

砰砰砰"

又怎么了？

忙死了！

　　　　——胡晨恺

问仓鼠

问仓鼠，

为什么吃完了食料

又挖起洞来，

藏起自己不让我找到？

问仓鼠，

为什么把阳台

弄得臭气熏天，

还把自己住的笼子咬坏？

问仓鼠，

为什么能把西瓜

掰开，

只吃里面甜甜的果肉？

仓鼠头也不抬

继续吃、吃、吃。

　　　　——朱大可

正在发呆的小猫

有

一只

猫在发

呆。它想：

为什么

闭上

了眼

就什么也看不见？

它

吐吐舌头，

闭上眼。

结果主人

还是找到了它，

给它

喂了

食，

给它

喝了

水。

它

还

是

一直

闭着眼，

迟迟

不睁眼，

发呆中……

不睁

眼

……

——雷欣宇

动物长老的话

　　你一定很喜欢它，所以你笔下的它才会这么有趣。你的鱼池里的小动物都是那么活泼，那么爱跳。"忙死了"的你，乐在其中，心甘情愿。吃货在"吃"上的创造力总是无限的，所以那只仓鼠总有办法逃出铁笼，藏起食物，让自己的肚子时刻充实得像皮球。世界上有一只最懒的猫，懒得连眼睛都不想睁；世界上有一只最笨的猫，以为不睁开眼别人就看不到它。但在你的眼里，它一定也是世界上最可爱的一只猫。天气晴朗的日子里，带上照相机，走进大自然，给你喜欢的动物拍一张照吧。然后用儿童诗，将那一瞬间记录下来。

08

主题篇·人物长老

人物长老的话

　　你身边有没有好玩的人，他让你印象深刻，他让你哭笑不得，他让你的生活多了许多欢乐？有了他，你就像是从黑白世界走进了彩色世界。他也许是一个爱恶作剧的小男孩，但是并不惹人讨厌；他也许是个贪吃的小胖子，有着"吃货"的执着；他也许是个上课爱插嘴的孩子，但总有许多理由……我身边也有许多这样的伙伴，也许，曾经的我也是这么一个孩子。我将他们留在诗里，也将他们的"劣迹"留在了回忆里。

恶作剧

听着，
我在你的衣服里，
放了一条扭来扭去的虫子。
它吐着长长的舌头，
挪动着绿色的褶皱的身子。
它把你当成了广阔的田野，
去哪里都要留下黏乎乎的脚印。

你吓得哇哇大叫，
你急得上蹿下跳，
你哭着喊着去告诉老师。

好吧，
其实我什么也没放。
　　　　——你的可爱的朋友留

撞玻璃

面包房里的蛋糕
是那么的诱人。
那香味牵着我
不停地向它飘去。

啪——
我的鼻子撞到了玻璃门上。
吓——
是谁把玻璃擦得
干净又透明，
好像没有一样？
　　　　——讨厌负责的清洁工的小孩

乱叫的龙

我一直举手
一直举手，
但是老师一直
一直没看到我。

他的眼睛瞟向另一个人，

他的手势指向另一个人。

于是，

我就忍不住大声叫出答案。

这就是为什么

我成了一头

乱叫的龙！

——一个勤奋的好孩子留

✏️ **小练习**

你身边是不是也有这样一个小伙伴？或者,你也是这样一个孩子？

1. 填一填：一个_____的孩子。

2. 想一想：他身上有什么改不掉的习惯吗？他会怎么为这个改不掉的习惯辩护呢？他的理由是不是既有些强词夺理,又有趣好玩呢？

3. 写一写：写一首关于他的儿童诗。句式尽量整齐,用词尽量优雅。试试吧！

_____

_____

_____

_____

_____

_____

_____

小水手诗园

结 巴

回答问题的我，
一直疙疙瘩瘩。
时钟滴滴答答，
你好像等了一个世纪。
那么久。
一场笑声蓄势待发。

听，小姑娘害羞地说话，
仿佛，音乐一遍一遍地重奏。
　　　——一个结巴的孩子留
　　　——金欣怡

天生的辩论家

你总是会把
话题
从北极，
扯到南极，
又扯到了
赤道。
跟你说话，
就像把宇宙转了一圈。
实在忍不住，
我的一句"总而言之"

又把你从外太空拉回了
地球上。
　　——致一个天生爱辩论的小孩
　　——程　时

可　爱

可爱,可爱,真可爱,
可爱,可爱,太可爱。
就连大尾巴的小松鼠,
也想跳进我的小口袋。
有什么办法能让我
不那么可爱。

咳，

都怪上天，

把我变得

那么可爱。

　　　——一个人见人爱的小女孩留

　　　——徐非宇

害　羞

害羞的她，

自从她出生起，

每一次去外面，

都一声不吭，

可能是因为她太小。

害羞的她，

自从她出生起，

每一次有客人来，

都躲在爸爸的大腿后，

可能是因为她太小。

害羞的她，

自从她出生起，

都要跟着爸爸妈妈，

像一条甩不掉的尾巴。

可能是因为她太小。

不管怎么样，

也许吧，

是她太小。

　　——一个害羞的小男生留

　　——陈律铭

人物长老的话

　　你身边是不是也有这么一个爱瞎扯的伙伴？跟他一起，一定不会觉得无聊；你身边是不是也有一个自恋的家伙，没有什么可以阻挡他喜欢自己的心；你身边是不是也有一个害羞的朋友，像含羞草一样，碰一碰就脸红……成为一个有趣的人，过有趣的生活，即使你说话结结巴巴，你也要将生活过成一首曲子、一首诗。

09 主题篇·心情长老

心情长老的话

　　孩子们，我可是会变脸的哦！兴奋时，我的脸是耀眼的红；忧伤时，我的脸是安静的蓝；害怕时，我的脸是神秘的紫；生气时，我的脸是沉默的黑……我每天都在写儿童诗，记录我的心情。下面请你来分享我尴尬时的心情吧！

尴　尬

冲那个红衣服
的阿姨
喊了妈妈
妈妈已经离家一天
真的很想她

不对，不对
那不是妈妈
虽然和妈妈很像

假装若无其事地
撇开脸

冲空旷的远方

喊了声

妈妈

　　孩子们，你们在生活中有没有这样的经历，认错了人，假装转身走开？你的脸上有没有变得红彤彤的，不是苹果红，不是西瓜红，而是晚霞不小心来早了一点的红。如果你的诗让读诗的人脸色变了，那他就和你的诗产生了心理上的共鸣。试试吧！

小练习

　　写一首关于心情的儿童诗。

　　1. 回忆一个印象深刻的场景，用一个词来形容你当时的心情。

　　2. 我们来玩一个拼图的游戏。当你处于 _____ 的心情时，你联想到了什么？我想，那时你的眼睛、眉毛、鼻子、耳朵、手和脚应该也是一样 _____ 的心情，它们又会想到什么？请将你想到的词填进拼图，越多越好。一个拼图一个词，这些词就拼凑出了你当时的心情。

3.选择拼图里的词,写一首关于心情的儿童诗。

_____

_____

_____

_____

_____

_____

_____

小水手诗园

雨天,我讨厌你

雨点,我讨厌你,
你那蓝色的身体总是把我淋湿,
你白色的外套总是我的烦恼,
我讨厌。

雷电,我讨厌你,
你那黄色的身体像一把斧子,
"轰隆隆"的外套老是吓我一跳,
我讨厌。

乌云,我讨厌你,
你黑色的身体总是盖住太阳,
记住别给白云穿上你的灰外套,
我讨厌。
　　　——卢泓晔

我生气了

我生气了
就会一个人去后院
爬树
躲在树叶里
踢树皮,打树干
打到傍晚
饿了
回家吃晚饭
一肚子气也消散
　　　——林嘉越

眼　泪

眼泪呀眼泪
你真是顽皮的娃娃
在我高兴得大笑时

你也来凑热闹
于是
笑的脸上
多出了两条小溪
　　——赖韵如

快　乐

我要快乐起来
我要快乐起来
我要在钢琴前弹起琴来
我有一架钢琴
钢琴带我在音乐里跳舞
带我到处旅游
带我到仙境玩耍
我要
快快乐乐快快乐乐快快乐乐
快快乐乐快快乐乐
快快乐乐
　　——张容清

恐 惧

第一次
一个人睡觉
害怕
害怕
害怕

"沙沙"
两声
什么爬上我的窗？

"滴答"
一声
有小偷爬进我的房？

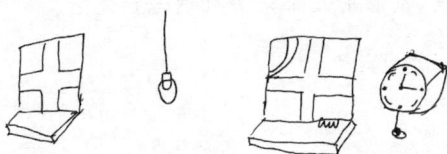

我总
觉得
有一个
僵尸
在我门前
蠢蠢
欲动

　　——孙鲁越

心情长老的话

　　当你讨厌雨天的时候,雨点、雷电、乌云都一起讨厌,真的是"厌"屋及乌;当你掉眼泪的时候,你即使不想哭,眼泪也会滑下来;当你喜欢钢琴的时候,你身上的每个细胞都爱它,都随着它快乐;当你害怕的时候,风声、雨声都令你恐惧。

　　每天写一首心情诗,你就会发现你的心情彩虹是怎样在变化。正因为心情的多变,才会有彩虹的多彩绚丽。所以不要惧怕生气、难过、伤心、害怕等负面情绪,它一样使你的生活多姿多彩。而心情诗就是对你生活的最真实记录。当心情从你的心里流淌出来的时候,试着用几个词去准确地描述它。

主题篇·成长长老

成长长老的话

诗人帕米拉·莫德凯说:"你记不记得,那时,世界非常高,而你,人还小。能够,看到的一切,都是脚?"每天,每月,每年,我们都在长大。长大,有时候是悄悄变长的头发;长大,有时候是某天早晨醒来突然变短了的衣袖;长大,有时候可能是门框上那首奇怪的诗。

门框上有首奇怪的诗

李少白

你是不是也想站近比一比

哈! 读到这里

多么有趣

瞧这没写完的小诗

……

——这样高,我读四年级

——今天,我九岁了81-10-1

——八零年"六一"

——七九年春节

——入队了! 我一米一

——一九七八年九月一日

门框上写着这样一首小诗

在一个孩子的家里

哈,聪明的你,发现了吗?这首诗,是要倒着读的。喂,那个小孩,不是让你头朝下倒着读。哦,我知道了,从下往上读,读出来的就是成长的感觉,诗人可真聪明。

小练习

你想长大吗?如果你不想长大,那是为什么?你想做些什么?那可能是成了大人的你,没办法做的事哦。如果你想长大,你又想做些什么呢?那可能是现在小小的你,没办法做的事哦。以"长大"为主题,写一首儿童诗吧!

_____

_____

_____

_____

_____

_____

小水手诗园

我不想长大

我不想长大,

可我还在长大。

我想让时间倒流,

回到我幼儿园的时候。
我不想长大，
因为我不想失去妈妈的拥抱，
不想失去妈妈给我讲绘本的时光。
我不想长大，
我不想失去妈妈的陪伴。
　　　——张滢淇

我不想长大

我不想长大
因为
我想和仓鼠多玩一会儿
我想和朋友多玩一会儿
想知道为什么爸爸长了胡子
想知道为什么外婆矮了个子
想知道妈妈为什么不会种菜
还有一些没看完的书
还有那株没长出的凤仙花

唉，只有童年能干的事太多
我不想长大
不想长大
　　　——赵子嘉

爬　山

在山脚，
我奔跑着，

追着蝴蝶。

在山腰，
我拉着爸爸的衣角，
想吃冰棒。

在山顶，
我不见了。
原来，
我在爸爸的背上，
四处张望。

——朱虹懿

等我当上了爸爸

等我当上了爸爸，
我就有了一个像我一样大的儿子。
我会让他背光英汉词典和字典，
让他把一年级到高中的
语文书、英语书、科学书
全背光，
把全球书店的每一本书。
一字不落地
背下来。
更恐怖的是，
要在一天内背完。

——毛　畅

我会做饭了

我长大了，

我会做饭了。

南瓜、茄子、萝卜、洋葱，

样样做得倍儿棒。

我绝不会骗孩子：

下次再给你做！

饼干、面包、蛋糕，

想吃什么，

我来做。

我绝不会说：

宝，考试考得好再做！

"滋"一声，

立马，开工！

——林嘉越

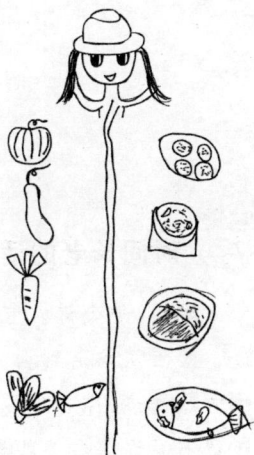

成长长老的话

总有一些女孩子，希望留在妈妈身边久一点，再久一点。而总有那么一些男孩子，已经展开长大后的宏图。这真是个温柔的妈妈，这也真是个厉害的爸爸。无论如何，长大也好，不长大也罢，每个年纪都有每个年纪的美丽。愿你们，与时光同在，永远有一颗可爱的童心。

11 主题篇·时间长老

时间长老的话

　　时间，是个谜。它看得见，摸不着，但是它时时刻刻都在我们身边。太阳从东走到西，你听到的水的滴答滴答声，你看到的钟表上的斑斑锈迹，你一年一年长高的个子，都是时间经过的痕迹。时间，还留下了许许多多的痕迹，等着你去发现……

小练习

　　寻找时间的痕迹，写一首关于时间的儿童诗。

　　1. 时间没有脚，但是它确实留下了许许多多的痕迹，你发现了吗？请你去家里、去草坪上、去花园里转一转，将发现的东西记录下来。比比看谁发现得多哦！

_____

_____

_____

_____

_____

2. 谁想留住时间呢？它们用了什么方法留住时间？它们成功了吗？这个方法一定很妙,是别人想不到的。请你以"留住时间"为话题,写一首儿童诗吧!

小水手诗园

留 住

爬山虎
想把时间留住。
于是,
它一直都停在一米九。
这时,
时间说:
"你新长出的叶子
就是时间。"
                ——雷欣宇

时间别跑

时间别跑！

我来追你啦！

我在太阳下山之前吃了晚饭，

在月亮升起之前睡觉，

在鸡叫之前起床，

在太阳升起之前吃早饭。

时间，我追上你啦！

你认输吧！

快流回萝卜掉进小河之前！

　　　——张滢淇

时钟跳了

时钟跳了

时钟跳了

向前一跳

一步、

三步、

十步……

时间就过去了

一个世纪、

三个世纪、

十个世纪……

时钟跳累了

时间静止了

谁,也动不了了

　　　——朱浩宇

小乌龟留时间

一只乌龟

见天色暗暗的,

就上床睡了觉。

9：30——

第二天晚上9：30,

乌龟准时起了床,

见天色还暗暗的,

继续睡觉。

第三天晚上9：30,

第四天晚上9：30,

……

某天晚上9：30,

乌龟起了床,发现

自己白花花的胡子,

拖得老长老长。

　　　——林嘉越

时间长老

　　时间真的是个奇妙的东西。它们有时候走得快,有时候走得慢,有时候好像又退回去一点点。如果你有兴趣,可以观察以下几个话题,并写成一首儿童诗哦!

时间的速度

时间的颜色

时间的形状

时间说……

12

主题篇·梦想长老

梦想长老的话

　　有梦最美,希望相随。阳光、星星、闪电、风;蜗牛、乌鸦、老鹰、长颈鹿;三叶草、蝴蝶花、银杏叶、狗尾巴草……即使是一粒尘埃,一条咸鱼,也应该有自己的梦想。梦想是诗,带我们走向远方。梦想可以像个气球,吹啊吹,吹得很大。梦想也可以像种子,根埋在土里,别人看不到,但只有自己知道:它向下扎啊,扎啊,直到变成一座地下森林,直到地上的草原郁郁葱葱。

小练习一

　　梦想长老写了许多关于梦想的诗,比如《蓝色大海的鱼》。看题目,猜猜看,这条鱼的梦想是什么? 再读一读,感受一下梦想的美好。

蓝色大海的鱼

一条蓝色大海里的鱼,

幻想着用鱼鳍飞翔。

它知道天空是很遥远的地方,

而它就连去陆地都是一种奢望。

但梦想的种子还是在它心里生根发芽。

虽然起点很低很低，
低到地平线以下，
但是这条蓝色大海里的鱼，
还是固执地幻想着用它的鱼鳍飞翔。

 **小练习二**

　　小花有梦想吗？小草有梦想吗？叶子有梦想吗？露珠有梦想吗？还有＿＿＿＿＿＿＿＿＿＿＿＿＿＿＿＿＿＿＿＿＿＿＿＿＿＿＿＿

　　它们不能说话，但是它们也在默默地努力，默默地憧憬。你能用儿童诗，将它们的梦想写出来吗？它们的梦想实现了吗？是怎么实现的呢？这一定是个有趣而神奇的故事。

＿＿＿＿＿＿＿＿＿＿＿＿＿＿＿＿＿＿＿＿＿＿＿＿＿＿＿＿＿＿＿＿＿＿

＿＿＿＿＿＿＿＿＿＿＿＿＿＿＿＿＿＿＿＿＿＿＿＿＿＿＿＿＿＿＿＿＿＿

＿＿＿＿＿＿＿＿＿＿＿＿＿＿＿＿＿＿＿＿＿＿＿＿＿＿＿＿＿＿＿＿＿＿

＿＿＿＿＿＿＿＿＿＿＿＿＿＿＿＿＿＿＿＿＿＿＿＿＿＿＿＿＿＿＿＿＿＿

＿＿＿＿＿＿＿＿＿＿＿＿＿＿＿＿＿＿＿＿＿＿＿＿＿＿＿＿＿＿＿＿＿＿

＿＿＿＿＿＿＿＿＿＿＿＿＿＿＿＿＿＿＿＿＿＿＿＿＿＿＿＿＿＿＿＿＿＿

 **小水手诗园**

闪电的梦想

闪电看着风儿，
飘呀飘，
真美呀！

闪电努力
让自己的身体
更加柔顺，
让自己的光线
不再吓人，
让自己的声音
不再刺耳。

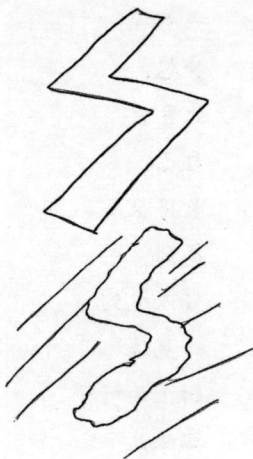

哎呀，闪电变成了什么？
它变成了"风"！
——林嘉越

蜗牛的梦想

爬，爬，快快爬，
背着"房子"快快爬。
快爬，快爬，快快爬，
爬上最高的山峰，
爬进最美的花海，
爬入最绿的森林。
加油，加油，加加油，
我让我的一生变得最丰富！
——张滢淇

长颈鹿的梦想

长颈鹿
有

一个
梦想：
他希望
自己
长得很高，
高到
可以吃到
外星球
树上的叶子。
那味儿
一定很好。
　　——雷欣宇

三叶草的梦想

我是一棵
三叶草，
我想变成
四叶草，
可以
祝福
别人。
　　——卢天浩

梦想长老的话

　　梦想长老的梦想里有自己的影子，想要和蓝色大海里的鱼一样飞得更高，看看外面的世界。你的梦想里有你的影子吗？想要变得

更美好，拥有更多的朋友？想要长得更高，想要祝福别人，想要四处
旅行，让自己的一生丰富多彩？

　　当然，最重要的是要有一颗追随梦想的心。梦想很美，说不定
哪天就实现了呢！

尾声·继承人

当我们从 12 个幻想空间出来的时候，一个白胡子老人正在门口迎接。108 只鸟儿衔起他的长胡子。走一步，他的脚下就洒落一朵火花，瞬间又熄灭了。他就是灵感长老。他将选出最后的继承人。

灵感长老的话

写诗需要练习，也需要灵感。灵感就像火花，瞬间迸发，又瞬间熄灭。今天，我们就要来玩一个"敲击诗"的游戏，来记录你的灵感。在你没有灵感，想不到要写什么的时候，敲击诗会记录一朵朵瞬间绽放的火花，你可以从中选择一朵或几朵自己有感觉的，写一首有趣的儿童诗。

小练习

1. 小游戏：每敲一下桌子，你们便按下面的顺序依次写一个词，比比谁写得快。

名词：＿＿＿＿＿＿＿＿＿＿＿＿＿＿＿＿＿＿＿；

动词：＿＿＿＿＿＿＿＿＿＿＿＿＿＿＿＿＿＿＿；

颜色词：＿＿＿＿＿＿＿＿＿＿＿＿＿＿＿＿＿；

数量词：＿＿＿＿＿＿＿＿＿＿＿＿＿＿＿＿＿；

象声词：＿＿＿＿＿＿＿＿＿＿＿＿＿＿＿＿＿。

2. 选择其中几个词，编一个小故事，说给别人听听。

3. 将你的想法写成一首儿童诗，可以用上前面学过的联想、反复、夸张、意外等技巧。

_____

_____

_____

_____

_____

_____

_____

小水手诗园

词：鸟 飞 洁白 一只 叽喳
　　马 跑 白色 一群 吁吁
　　狼 叫 白色 一只 嗷呜

孤　独

一只白狼，
在月光下的草原嚎叫，
"嗷呜——"

一只白鸽，
在月光下的湖面徘徊，
"咯咯，咯咯"

在孤独与寂寞的催促下，
她们互相依靠。
两颗不相关的心，
贴近了，
系紧了。
　　　——张滢淇

词：大海　敲打　蓝色　一片　砰砰
　　星星　说话　黄色　三颗　叭叭
　　兔子　散步　白色　一只　叽叽

星　光

一颗黄色的星星
倒映着
一片蓝色大海

一只白色的兔子
在大海上
散步

星光真美！
　　　——金欣怡

词：人类　躺　红　个　轰隆隆
　　记忆　蘸　黄　片　哗哗
　　生命　翻　蓝　群　叮当

人类＝记忆？

我躺在床上
翻来覆去，
思考一个问题。

黄色的闪电在外作响，
轰隆隆——
蓝色的雨点在外落地，
哗哗——
门外，门铃叮当响，
我还在翻来覆去：
人类、生命，
究竟是何物？

也许，
人类，死后，
只会成为一个叫
"记忆"
的东西，
让人静静回忆。

　　　　——卢泓晔

词：玫瑰　微笑　红　一簇
　　大树　问好　黄　一棵
　　岩石　浇水　蓝　一块

山坡上的美丽

远远地看见山坡尖上的玫瑰花丛，

近近地看到大山上的一棵棵大树，

在不远不近的地方，看到了一群大雁在大山上飞来飞去。

当我爬上第一块岩石，我发现五彩缤纷的花朵对我微笑；

当我爬上第二块岩石，我发现一些大树对我点点头问好；

当我爬上第三块岩石，我送给它们一些水，我给它们施下了肥；

当我爬上整个山坡，大山对我点点头，表示感谢！

——陈矣诺

灵感长老的话

灵感长老读完诗，点点头，他的心里已经有了答案了。这个继承人有一个有趣的灵魂，有一颗善良的心，能静下心来思考，也能捕捉瞬间流逝的美好。猜猜看，他选的是谁？也许，等你有一天，到了神秘王国，看到他站在高高的城堡上，迎着朝阳，朗读诗篇，你心里的答案就能得到验证了。

当然，那时候，你会发现神秘王国是那么美，云的流动是那么慢，风的游荡是那么悠闲。而那里面所有美好的一切，都是国王写的诗歌创造的。可能，他也会读你的诗，让你幻想中的一切美好变成现实。

附录：儿童诗教学思考

是要"形式模仿"还是要"创意启发"
——两种儿童诗写作教学引发的思考

花是不会飞的蝴蝶，

蝴蝶是会飞的花。

蝴蝶是会飞的花，

花是不会飞的蝴蝶。

花是蝴蝶，

蝴蝶是花。

这首诗是台湾著名诗人林焕彰的作品《花和蝴蝶》，在这个"花和蝴蝶"的世界中，林焕彰将两个外形相似的事物作了如此巧妙的比喻，而这一比喻是那样的趣味盎然。虽然吟咏的内容是反复的比喻，但是我们却一点都没有觉得繁杂，反而很喜欢这样的单纯、明朗。

诗一向难教，像这样一首"通俗"地写出了儿童感觉和想象的诗怎么教？2012年，在浙江省千岛湖，两位老师、两堂童诗课，同题教学、同课异构，不比谁高谁低，只求"碰撞"出思想的火花。

第一种教学突出形式的模仿

第一堂课的主要学习任务是模仿这首诗歌创作一首新的儿童诗。第一位老师的"智慧"体现在她能巧妙设置"台阶"帮助孩子。

第一个"台阶"是比喻句填空：在《花和蝴蝶》里，是"花像蝴蝶"，在生活中，还有多少的"＿＿像＿＿"呢？教室里热闹起来，孩子们你一言我一语地说着：太阳像火球、月亮像月饼、湖水像镜子、露珠像眼睛、落叶像小船、天空像大海……紧接着，老师铺下第二个"台阶"：在原来比喻句的基础上，做一个模仿《花和蝴蝶》的完形填空。实际上这个"完形填空"是一种类似于思维导图的写作指导：

＿＿是不＿＿的＿＿，
＿＿是＿＿的＿＿。
＿＿是＿＿的＿＿，
＿＿是不＿＿的＿＿。
＿＿是＿＿，
＿＿也是＿＿。

不一会儿，几乎所有的孩子都创作出了一首儿童诗，比如《伞和蘑菇》：伞是不能吃的蘑菇/蘑菇是能吃的小伞/蘑菇是能吃的小伞/伞是不能吃的蘑菇/蘑菇是小伞/小伞也是蘑菇。再如《彩虹和廊桥》：彩虹是不能走的廊桥/廊桥是能走的彩虹/廊桥是能走的彩虹/彩虹是不能走的廊桥/彩虹是廊桥/廊桥也是彩虹。……老师让孩子把自己的作品写在便利贴上折成一个小正方形，其中一面互相粘在一起，就成了一朵写满诗歌的七色花。整节课趣味盎然，学生的热情高涨，并颇有成就感，直到下课还在恋恋不舍地摆弄七色花。评课的时候，这位老师自我总结："字词是可以玩味的。我与孩子玩了一次文字的游戏，以此训练孩子们对文字的敏感。事实上，孩子们都玩得不错。"

第二种教学强调创意的延伸

第二位老师来自台湾，她也让孩子们进行儿童诗创作——"不是花的花"的儿童诗创作。在欣赏完《花和蝴蝶》后，她先请孩子们讨论有哪些"不是花的花"，越多越好，孩子们饶有趣味地进行了一次头脑风暴，每组都写出了 10 种以上"不是花的花"，有一组孩子甚至写出了 24 种，并将它们分门别类：

> (1) 关于食物：蛋花、腰花、豆腐花、爆米花
> (2) 关于人：班花、校花、厂花、翠花、探花
> (3) 其他：水花、浪花、棉花、烟花、心花、冰花、雪花、
> 烟花、天花、窗花、火花、泪花、礼花、妙笔生花

接着老师又让孩子讨论并写出真花的用途，越多越好。孩子们掰着手指头互相补充，有的组讨论出了 9 种用途：泡澡、驱蚊、装饰、药用、食用、礼物、美容、净化空气、艺术欣赏。

然后老师追问孩子："如果把'不是花的花'当作花来用，会有什么有趣的效果呢？"简单地交流后，老师提醒这样的想象就可以写成一首小诗。教室里安静下来了，每个孩子都在绞尽脑汁地想。15 分钟过去了，有的孩子写好了，有的还在思索。老师把愿意分享的孩子的诗歌收上去，贴在展示栏上，并读给大家听，引来一阵阵笑声。孩子们创意迭出，比如："我捧着一束雪花/将它送给美丽的她/我单膝跪地/亲爱的/嫁给我吧！"再如《雪花糕》："我家有位奇怪的姥姥/爱用雪花做雪花糕/喷喷喷——喷喷香的雪花糕端出来/香香香——香喷喷的雪花糕上了桌/嚼在嘴里的是糕/化在心里的是花。"虽然两首诗都是写雪花，但在内容和形式上都不尽相同。

评课的时候，这位老师对自己的教学做了一个简单的说明："我跟小朋友'玩概念'，再请他们把玩出来的结果写成儿歌。我引导思考的过程，我让他们掌握内容的选择。我不批改或批评小朋友的作品，因为我希望他们更重视思考的过程，更珍惜创作的乐趣。我也不修改错别字，因为那会让学生误解写诗的时候，字比想法更重要，

我有很多其他的机会教字。"

两种教学方法的比较

两堂课,两种教学方法,却有许多异曲同工之妙:都选取了"不是花的花"这一别致的主题,利用错位的意象引发孩子们的兴趣;在课堂组织形式上都采用了小组讨论,让孩子们开展头脑风暴;都使用了便利贴,让孩子们将瞬间迸发的灵感记录下来,也方便了孩子们分享、交流和展示;都营造了轻松、愉快的氛围,让孩子们在游戏中玩味诗歌。

当然,两者表现出来的更多地是不同:

第一种教学侧重于模仿诗的形式,整堂课下来,感觉只要会造比喻句就能成功仿作出一首诗歌。帮助孩子模仿的"思维导图"类似于试卷上经常出现的填空题,其实看到题目大致就能猜到诗歌的内容。很多孩子的仿作出现了重复,比如"月亮和小船""星星和眼睛"等常见的比喻句式。不过,值得肯定的是,在这堂课里,每一个孩子都写出了"作品"。

第二种教学侧重于创意的启发。老师拼命引导孩子打开思路,对"不是花的花"的概念进行发散性思考,不断头脑风暴、不断发散思维的结果,是课堂上产生了一首首独一无二的诗。整堂课,与其说是写作,不如说是一次思维的点燃、碰撞、提升的过程。但是,需要指出的是,在这一堂课里,只有一部分孩子思维活跃,写出了诗;还有一部分孩子出现了思维空白,无从下手,成为旁观者。

我倾向于哪一种教学?

两种教学方法有着各自的优势,很难评判孰优孰劣。但笔者更倾向于后者。第一种教学侧重进行语法、句式、修辞的模仿,我认为这样教出来的诗歌作品只是他人思想的附庸,这样的诗歌写作无法传达出真实、鲜活、个性化的生活。比如《花和蝴蝶》的仿作在内容和形式上很难甚至可以说无法超越原创,因为仿作者只能在原作限定的一个狭小的范围内做一些机械性的修改。

可能有人会说,你不是在教成人进行诗歌创作,你面对的是小学生,你不能否认小学生的各项能力,包括观察、表达等还在发展当中。确实,我们不能忽略儿童与成人的差别,我们的眼里要有“儿童”,但同时我们的眼里也要有“诗歌”,诗歌是用凝练的语言和独特的意象表现对于这个世界的理解和感受,语言、意象等只是手段,理解、感受才是诗歌的本质,所以,我个人倾向于第二堂课所传递出来的儿童诗写作教学的取向:

第一,引发儿童多注意四周的景物,细心观赏玩味,深刻印象,以充实他们的生活经验,启迪他们的心灵感受,激发他们的“诗想”,培养他们写诗的情绪和气氛。

第二,让儿童自由运用想象,以充分地、自在地发抒心中的情感和意识,并诱导他们作出有关动作、声音、抽象观念的比喻和联想。

第三,注重真情的流露,不但要用简洁的词语“写我口”,更要进一步“写我心”与“写我感”。

(发表于《小学教学设计·语文》2012 年第 12 期)

一堂儿童诗课：从关注比喻本身到关注比喻背后的故事

"山坡像一块黑板。"一个小女孩如是说。

孩子是天生的诗人。儿童诗是最贴近儿童本真的文学表达形式。凭借自己对于儿童诗写作的爱好和经验，我一路摸索在儿童诗写作教学的道路上，希望为孩子们开发出一系列儿童诗写作的课程。2015年年初，我设计了一节儿童诗课例"用'好像'写诗"。在我的儿童诗教学理念中，诗歌的形式和修辞可以教，而诗歌的内容不可以教。但这个女孩子的这句话让我颠覆了原有的儿童诗教学理念。

第一课时：关注比喻

设计之初，我希望借助比喻这种修辞手法打开孩子们诗歌想象的空间，因此我将其中一个目标定位为"在多种朗读的形式中体会诗歌比喻的奇妙，并能用比喻句自由书写一首诗"。整节课，我都在引导孩子用想象创造一句有趣的比喻诗。为此，我煞费苦心，自己创作了三首诗作为例子。

例1：
松树的叶子
像一枚枚绣花针，
把一朵、两朵花绣在大地上。

例2：
海浪

像风吹打着树林

哗——哗——

掉落叶子，一大片一大片

例3：

山坡像一个冰激凌，

粉红色的小花涂抹着

草莓味的奶油。

　　我用这三个例子引导孩子们，比喻可以是形象、感觉或画面上的相似，比喻诗要想得和人家不一样，即与众不同。孩子们也都跃跃欲试：山坡像一顶帽子、山坡像一个金字塔、山坡像一个帐篷……一个个比喻贴切、别致，但又似曾相识。这时候一个内向的女孩子站起来，用不确定的声音轻声说："山坡像一块黑板。"山坡和黑板？我一时间无法将这两个风马牛不相及的形象联系在一起，其他孩子也皱着眉头，表示无法想象。于是我让她再想想。小女孩的眼神里面闪过一丝失望。课结束了，那个眼神还留在我的心里。一位听课教师说，你应该追问她一句：你是怎么想的？是啊，也许她的比喻很奇怪，但是比喻背后也许藏着有趣的故事呢？

　　我太执着于教修辞手法本身了，而忽略了关注孩子们真正的想法。的确，诗歌只是孩子内心世界的承载体，修辞也只是表达内心的一种形式。小女孩的表达能力也许还处于一种混沌状态，作为教师，应该等待，应该关注"山坡像黑板"背后的想法。

第二课时：关注比喻背后的故事

　　设计第二课时，我将"欣赏、评价、修改同学的作品，知道写诗的想法可以很奇怪"作为主要目标，希望孩子们能在比喻诗句后面自由地表达自己独特的想法和感受。课的设计很简单，首先，我和孩子们一起写《山坡像黑板》,当我自己提笔往下想的时候,才发现这个小女孩的比喻是那么独特,那么棒!

山坡是一块巨大的黑板
写满了密密麻麻的小草
北风婆婆是黑板擦
擦啊擦,擦啊擦
地上就铺满了雪花

孩子们纷纷表示,他们非常喜欢在这样的黑板上写字、画画,就连擦黑板都成了一件非常有诗意的事。

接着,我创设了"海浪"的情境,我和孩子一起伴着音乐自由写诗。我发现,就算是习以为常的海浪声,在不同的孩子眼里也是不一样的。一个文气的小男孩和一个淘气的小男孩,他们拥有的故事不一样;小男孩和小女孩,拥有的故事也不一样。如:

生1:
海浪
像妈妈在炒菜,
哗——哗
香喷喷的饭菜,做好了。

生2:
海浪,蓝蓝的,
像一个小孩在追赶
翻滚的蓝皮球,
怎么追也追不上。

生3：
海浪
像小马驹在跳绳
嘴里还念着
1——2——3——4

　　而这些感受才是浸润独特生命体验的表达，才真正构成了儿童诗的灵性。最后，伴着音乐的一段导语："在幻想王国，你可以看到的可不止大海，可不止山坡，你会看到蓝蓝的天空、白白的云朵、绿绿的草坪，你会看到一朵、两朵、无数朵花，你会看到香香的梨、甜甜的樱桃。你还可以看到火红火红的枫叶、金黄金黄的稻田，你还可以看到很多很多……你可以选择任何一种事物，你们能用'好像'把它们变成一首首诗吗？"孩子们用比喻创作了各种诗歌。比如这首《夏天》：

夏天像烤炉。
风婆婆
一直在问：
在
烤什么呢？
蛋糕？鱼肉？
夏天却说：是个秘密。

一堂儿童诗课的启示

儿童诗的写作教学至今没有一套完整的课程体系,也没有一本详细的教学参考书,一切都还在探索阶段。探索意味着寻找,意味着发现。如是,这堂儿童诗课也引发我思考以下问题。

1. 如何运用修辞去表达,而不是去规范

每个孩子都有一套天生的、独特的语言系统,待开发,待唤醒。牙牙学语之时,偶然说出的几个词、几行话,就能成为一首诗。那时候的孩子,还没有学习任何修辞,也没有学习任何语法规律。一对双胞胎,即使在一样的教学环境下成长,也会拥有两套语言系统。因此,孩子的语言系统不是一张白纸,而是一座藏着宝藏的金字塔。我们的儿童诗教学也不是去建构儿童的语言系统,而是去唤醒孩子本身语言的灵性。写诗的技巧,诗歌的形式,诗歌的修辞,都是为了打开金字塔发现里面藏着的宝藏。

我们一直都说要打开孩子的想象力,但是其实很多时候,我们做的是限制孩子的想象力。学龄前的孩子的诗意幻想里,月亮像大眼睛,像金鱼吐的泡泡,甚至是更天马行空的东西,我不得而知。但是学龄后的孩子,圆圆的月亮都变成了月饼、盘子,弯弯的月亮都变成了小船、钩子。孩子读的或是经典的唐诗"小时不识月,呼作白玉盘",或是有趣的儿童诗"弯弯的月儿小小的船"。比如在我设计的第一课时里面,我就在限制那个孩子关于山坡的想象。儿童诗没有问题,比喻这种修辞无罪,是我的"教"出现了问题。我们应该思考的是:怎样让修辞打开孩子的诗歌想象,而不是让他们被语言规范所限制。

如果我们认为孩子的语言世界是白纸,那么就会将各种美妙的诗词画在白纸上,让经典取代孩子自己的表达。如果我们认为孩子的语言世界本身就是丰富多彩的,有独特的生命体验,那么我们就不会用经典、用技巧、用修辞去规定孩子的语言。学习修辞的目的

不是为了达到一种语言规范，而是更加真实地表达自己。否则，孩子将形成"言不由衷"的脱离生命体验的第二套语言。因此，当孩子的诗歌出现有悖"语言习惯"的表达时，我们要多问几句："你是怎么想的？"

2. 如何教儿童诗的内容

我一直认为，儿童诗的形式和修辞可以教，但是内容不可以教。一旦教内容，那么每个孩子的诗歌就千篇一律了。但从这堂课的探索中，我发现，儿童诗的内容可以教，这种教不是直接告诉她内容，而是引导她用诗歌表达自己的想法。孩子的语言很丰富，想表达的东西很多，但是有时候处于一种未激活的状态。教师的引导和提问就起到了激活灵感、梳理思维的作用。比如："你是怎么想的？如果海浪是小马驹，它在想什么呢，在干什么呢？如果山坡是黑板，谁在黑板上写字、画画呢？"在此之后，我又设计了一些儿童诗写作的内容，比如春游恰逢阵雨，孩子们心情很失落，我就让孩子们用诗歌将这件事记录下来。有的孩子问春雨姑娘："为什么/要在我们春游的时候/玩水呢？"有的孩子问太阳爷爷："你为啥不出来/是不是你太老了/把白天看成了黑夜/你只要去云伯伯那里/讨点眼药水就行了。"有的孩子认为："春季婆婆弄错了/用金钥匙打开了/夏天的门。"五分钟时间过去，每个孩子都写了一首关于春游的诗，每首的内容都不一样。因为写前没有例诗，写后才修改、展示。

但这些内容上的引导还是略显单一，课例还是少之又少。如何设计更多的开放式、启发式的问题导语，如何用情境或用活动连接孩子内心的体验，表达独特的内容，这是我在思考的。

3. 如何达到情感真实和写作技巧的平衡

这堂"用'好像'写诗"，我主要教孩子们如何在诗歌中运用比喻这种修辞手法。整节课下来，每个孩子都用比喻写了至少一首诗。我自己也刻意用比喻写了四首诗。但较之以往，我停笔没有一种酣畅淋漓的感觉。回想以前的写作经历，总是某事感触，然后再写诗。

比如暑假末尾想起小时候连夜赶作业,写了《涂鸦》,要将天空涂成黑色,让老师们以为天还没亮,可以继续安睡。怀念去世的小狗,写了《散步》:"小狗走,我也走/小狗停,我也停/我坐在大树的影子里休息/小狗坐在我的影子里摇尾巴。"而课上我是为了练习修辞手法而写诗。真实情感和写作技巧两者并不矛盾,恰当的写作技巧有助于准确地表达内心的情感,所以练习修辞手法是有必要的。但是在以后的教学过程中,我也要思考如何将写作技巧和真实情感融合在一起。我和孩子们一起写诗的时候,当写作技巧和表达的内容有共鸣时,我会有一种表达的兴致和畅快感。孩子们也一样,我至今记得,曾教孩子们一种诗歌形式"带尾巴的歌",即儿童诗的最后一个字相同。一个孩子听完后,很有感触,用五分钟写了一首诗:

"了"字歌

小草绿了,

小花开了,

风儿来了,

蝴蝶飞了,

青蛙叫了,

我写完作业了。

这样的熟练运用写作技巧又真实表达内心感受的诗歌不多。但这样的诗歌应该多一些。